새벽 두 시의 편의점

박희숙 시집

문학세계사

□ 시인의 말

네가 내게로 와서

다시, 봄

무엇을

빠뜨리고 온 것 같아

자꾸 돌아보았을 때

네가 거기 있었다

가장 야만적인 꽃밭이라도

괜찮아

나무들도 태양을 낳으려고

끙끙대고 있잖니

2021년 여름

박 희 숙

2 무엇을 빠뜨리고 온 것 같아

3 종점은 가장 야만적인 꽃밭

4 나무들도 태양을 낳으려고

1

네가 내게로 와서

장미아파트

담장이 웃고 있었어
애인의 꽃처럼 한꺼번에 웃고 있었어

아파트 한 동이 기우뚱하다
가까스로 웃음을 멈추고 섰는데
가슴에 덩굴장미를 늘어뜨리고 있었어

담장에 늘어선 장미 때문에
거리는 초록으로 출렁이고 있었어

가다가 돌아보는 담장
장미에서 나는 가마득히 멀어지고 있었어

아무도 없는데, 나는 장미처럼 웃고 있어
실눈 웃음에 기우뚱 넘어와 주던 그댈
불러내고 싶거든
지금

풍등

벗꽃 그늘에 앉으면 벗은 발이라도
괜찮겠다

꽃샘바람 푸르르 공원을 넘는 사이
연한 가지마다 벚꽃 벙글었다

세한의 고비마다
눈 뜨고 못 볼 일 저 혼자 받아내느라
할 말을 잃은 벚나무들

봄바람에 봇물처럼 말문 터졌다

천만 겹 날개 돋은 연분홍 은어들
풍등, 풍등 날아오르는
사월

벗꽃 그늘에 앉으면 무거운 생각들도
날아오르겠다

다시, 봄

연두야, 너는
새로 돋은 젖니를 반짝이며
봄 산 어루만지고 있니

널 보고 있으면 내 귀엔
대추나무 햇잎이 곰실곰실 돋아나

노랑턱멧새가 반으로 접은
휘파람을 퐁퐁 던지고 있어
분홍분홍한 시폰 원피스 날갯짓 같아

봄이 끝나도 너는
끝나지 않은 봄이어서
그늘 뒤에 숨었다가 돌아온 거 맞지?

연두야, 글썽이는 것들도 오래 보듬으면
너처럼 한 그루 꽃이 되는 거니

네가 내게로 와서

다시, 봄

산등성이마다 찌르르 젖이 돌고 있어

굴뚝새를 부탁하다

늦장마 빗속을 헤치고
굴뚝새 한 마리 집 안으로 날아들어
거실이 순간 탱탱해졌다

무리에서 떨어져 나온
어린 굴뚝새는 어느 틈엔가
굴뚝을 찾아 날아들었을 테지만

숨을 곳이 마뜩잖아
이리저리 발버둥 치다 파닥거리다
쫓고 쫓기는 승강이를 벌이는데

숨을 만한 굴뚝은 보이지 않고
사방이 벽,
천지가 낭떠러지다

어떡하나
내가 할 수 있는 일은 창문을

열어 두는 일

비를 맞으며 서 있는 모과나무에게
어린 굴뚝새를 부탁하는 일

해안선

길게 뒤척이는 몸짓이었다

바다 저편으로 사라진 배
아주 돌아오지 않아도 아프지 않기로 했다

파도는 이편저편을 오가며
실컷 그리워했을 것이다
가끔, 발자국이라도 남아 있는지
모래톱 깊이 들어가 보고 싶었는지도 모른다

사라졌다 다시 일어서는 해안선
바다가 헛기침을 하며 경계를 넘을 때
숨은 발자국이 놀라 후드득 날아오르다가
파도에 붙잡혀 주춤주춤 물러선다

발등까지 내려온 바다
나의 옆구리 툭툭 치며 또 선을 넘는다

해안선이 저만치 걸어간다
아무도 닿지 않는 길을 저 혼자 열며 간다

사과

사과는
사과를 움켜쥐고 있어
바람이 빨대를 들이대고 한껏 부풀리면
붉고 푸른, 사과만큼의 둘레를 얻지
새콤달콤한 혀는 덤으로 따라왔어

사과 껍질에는 사과가 없어
그저 두루뭉술한 변명 같은 배꼽이 있어
돌려 깎은 사과를 함께 먹는다면
뒤끝 가벼운 사과가 될지도 모르겠어

사과는 사과를 좋아해
한밤중 사과는 오도카니 깨어 있어
사과는 사과를 불러 날밤을 새우지
목마른 사과는 자주 나를 지나쳐 버리기도 해

오늘의 사과는 둥근 식탁 위에 있어
껍질을 벗길 때, 사과는

칼을 보고 기겁하다가 기절할 뻔했지

치명적으로 아름다운 심장이 쪼개질 뻔했지

샐비어 붉은 저녁

당신이 멀어져갈 때
깨꽃 층층 열리는 칠월이었어요
깨꽃 위에 떨어지는 여름별은 서늘하고
이별의 배꼽 자리는 생각보다 붉었어요
샐비어가 왜 붉었는지 모르겠지만,
하얘진 시간이 커튼처럼 너울거려요
그럴 줄 알았으면 끄트머리에
진주 방울이라도 몇 개 달아 둘 걸 그랬어요
당신 목소리 꺼 두었는데
깨꽃에서 뎅그덩뎅그덩 종소리가 나요
하릴없이 나는, 붉고 흰 종소리를
뗐다 붙였다 해요
깨꽃의 반은 붉고 반은 이울어
발 없는 내가 물색없이 절룩거리면
당신 무릎도 흔들리는 종지같이 될까 봐
있는 힘 다해 이별을 끌어안아요
깨를 털듯 당신을 툭툭 털어 버리기 위해
어제도 그제도

당신 길이만큼 샐비어 꽃밭 늘였다는 걸
아실지 모르겠지만요

살구나무 아래

—나, 이 살구 먹어 보고 죽겠수?

팔순 언저리, 오글쪼글한 마당귀에
살구나무 사다 심으신 할머니

살구꽃 여남 개 달리고, 허리 병 도져
아들 집에 두어 달 묵었고
되게 앓은 감기 끝에 열흘쯤 병원에 기대었고

살구나무 아래
하나뿐인 식구 검둥이를 묻은 일 외에는
별일 없었던 그 이듬해
지붕 들썩하도록 연분홍 꽃 개락이 났다

유월의 살구나무는
꼬부라진 보행차 밀며 당기며
달팽이만큼 지렁이만큼 제 그늘로 숨어든다

다디단 살구는 하매 익었으려나?
기다려야 할 것 많아 살구는 여태 노랗게 익는다

찔레꽃 편지

산길에서
찔레꽃 편지를 받는다

봉투 속에 초가지붕
박꽃이 듬성듬성 맨살에 피어나
나비처럼 시간을 거스르며 날고 있다

새파란 달빛이 박꽃 안고 쓰러지면
울타리 찔레꽃 와르르 웃고
찔레순 먹은 계집아이 둘이
멋모르고 따라 웃는다

덤불을 빠져나온
향기는 마당에 짤랑대고
젖은 빨래를 지키는 바지랑대가
긴 빨랫줄 꺼들며
풀물 배인 치마를 말리고 있다

꽃신 신고 이 길을 지나셨을까?

눈길 닿는 산모롱이마다 따라오는
찔레 향

수밀도

아찔한 네 사랑 비밀인 거 알아

비탈밭 물복숭아는
절묘한 빛의 각도를 익혀
담홍색 관능의 테두리를 얻었겠지

깨물어보기 전에 아무도 몰라
그게 얼마나 달큼하고, 어떻게 물큰한지
태아처럼 웅크린 네 속마음은
얼마나 단단한지

시원하게 쪼갤 수 없는 게
네 사랑인 거 진작부터 알고 있었어
여간해선
한 꿰미에 꿰지지 않겠다는 것도 알겠어

마돈나가 숨어 있을지 모르는
수밀도, 벌들이 윙윙대는 외진 섬에서

입을 앙다문 채 너는
잠시 세상을 버리기로 한 거 맞지?

앵무새 모시기

앵무새를 모시고 살아요

야생 모란앵무에 조롱鳥籠은 어울리지 않아서
따뜻한 방 한 칸 새장으로 드려요
횃대가 없으니 제 어깨로 대신할게요

뛰놀던 생강나무를 옮겨 오지 못해서
이런, 뒤가 꽉 막혔네요
유쾌상쾌통쾌를 드시게 하고
한나절 지켜봐야 하겠어요

꽁무니 감추려는 앵무와
낌새 낚아채려는 매눈 사이
배설은 능청스럽게 딴청을 부려요

괜. 찮. 아. 요
할 수 있는 말이 몇 마디뿐이어서
알록달록한 머릿속 들여다볼 순 없지만

아무튼 괜찮은 중인데요

어쩌죠? 저 목소리 너무나 닮았어요

시詩

우리 집 다락에 여우 한 마리 숨어 산다
나도 가끔 여우 짓을 한다 싶어 한통속이려니 했다

그녀는 부르기 전에 다가서고
순식간에 사라지는 묘한 꼬리를 가졌다

찔레꽃 덤불이나
아무도 오지 않는 운동장에
한나절 나를 묶어 두기도 하고
꽃무늬 원피스를 팔랑이며 빈 그네에 오르기도 했다

그녀가 그넷줄을 밀었다가 당길 때
꼬리에서 아슴아슴한 바람이 일었는데
새벽을 신고 오는 찔레 향 같다고 해야 할지
달밤에 길어 올린 서늘한 물내라 해야 할지

여우에게 단단히 홀린 나는
꼬리 어디쯤 감췄다는 진주를 찾으려고
밤나질레 안달이 나 있었다

어린 우체국

거기 우체국은 작고 낡아서 한 가족의 편지만 취급했다 오토바이를 탄 집배원이 사철 열린 대문 안으로 편지를 던지고 늙은 개가 꼬리를 흔드는 사이 사라진다 스무 살이 되기 전 6월, 아버지의 편지는 일찌감치 끝이 났다

어릴 적 아버지의 편지 대부분은 내가 그의 눈에서 애지랑을 떨던 이야기였고 조금 자라선 어린 신부에게 보내는 연애편지 같은 것이었다 눈을 찡긋하며 엄지손가락을 치켜세울 때 가끔 산딸기 같은 선물도 따라왔는데 뻐꾸기 울음 하나에 산딸기 하날 섞어 먹는 아버지 사랑 맛이 새콤달콤했다

찔레 넝쿨이 대문 반쪽을 덮으며 피고 지는 동안 남은 이야기는 삐뚤빼뚤 어머니의 손으로 완성되어 도시 귀퉁이에 흩어져 일가를 이루었고 우체국은 문을 닫았다 비 오시는 날이면 어린 우체국을 거쳐 온 편지에서 개복숭아꽃이 피기도 했다

정인이* 생각

나는 알이에요
철없는 엄마가 슬어 놓은 말랑한 알이에요
뒤돌아보며 멈칫거리며 숲으로 숨어 버린
엄마의 부끄러운 알이에요

젖니 네 개가 반짝여요

던지지 마세요, 두드리지 마세요
이제 막 눈부터 웃기 시작한
깨지기 쉬운 알이랍니다

뛰어다니는 알 하나
마음에 심는 것
어쨌거나 버거운 일이지요
망망하거나 막막한 날을
모자라지도 넘치지도 않게 견딘다는 게
아무래도 좀 그래요

나는 엎질러지고 말았어요

미안해, 아무리 말해도
미안의 미소는 더 보여드릴 수 없어요
정말 미안해요

난 이제 안데르센 마을로 가요
백조가 될 거예요

*2020년 '정인이 사건'으로 생후 16개월 만에 숨진 아기

당신, 미쳤어요?

카톡을 받은 당신
이마에 별이 확 돋았을 거야

일에 골몰하며 사는 당신을
문자가 빤히 올려다보며
─당신, 미쳤어요? 라고 쏘아붙이면
손전화기가 펄쩍 뛰어내렸을 거야

밥 챙기는 일을 직업처럼 여길 때가 있었다
─당신, 마쳤어요?
어중간한 시간, 문자로 식사 안부를 묻고
외출할 요량인데 대답이 없다

밥때도 모르고 일에 파묻혀 있는가?
너무 미쳐 탈
때때로 기대에 못 미쳐 앙탈이다

그가 미쳐 하는 일이

소소한 집 외등 바꾸는 일같이
값도 티도 안 나지만
골목의 캄캄한 눈을 밝히기도 했는데
그런 날이면
살피꽃밭 맨드라미 대궁까지 전깃불이 들어왔다

외출 중 우리, 미치다와 마치다 사이
어디쯤 걸어가고 있는 걸까?

2

무엇을 빠뜨리고 온 것 같아

새몬안* 이야기

고들빼기꽃이 쓰러질 때
연못도 곧 메워질 거라 했다
날 좋으면 한 번 찾아가리라 마음먹었는데
좋은 날 고르다가
이럭저럭, 날들을 다 날리고 말았다

물가에는 청석과 고들빼기와 빨래터가 살아서
새몬안 아낙들이 매운 빨래를 이고 와
평편한 돌을 안고 앉아 퍽퍽 서답을 치댈 때
벌겋게 달아오른 마음마저 어루만지던 연못이었는데

열두 살 계집아이
고들빼기꽃 징검다리 삼아 스물에 닿는 동안
낮은 물 울타리 그 집 뻔질나게 드나들었지

눈물 많은 그녀가
젖은 대문에 기대어 실컷 울 수도 있고
꽃배를 타고 물 위를 둥둥 떠다니다가

방울새가 어깰 스쳐도 좋을
물속 낮은 방 하날 가지는 게 좋았다

경산시 진량읍 신제리 공업단지 지하로
사라져 버린 비밀의 방
고들빼기꽃 지는 소리에 문고리 달카당거리겠다

*경산시 진량읍 신제리의 옛 이름

숨

가랑잎 같은 어머니
바람 부는 대로
사라진 골목을 서걱거리시더니

오늘은 옛집
마당귀 살구나무에 호밀 걸고
섬돌 위 신발 두 짝 나란히 씻어 앉히고
달빛 보료 위에서
꺼진 베갤 돌려 베시는가?

감자꽃 지우고
청보리 물결 넘실거리는데

젓가락은 허공에 꽂아두고
두어 숟갈
늦은 아침을 개미처럼 실어 나르시는
참 가벼운 밥상머리에서

목구멍 언저리에 뛰노는
어머니,
뱉으려다 말고 나는

끊어질 듯 이어지는
아흔 너머
거룩한 숨을
물끄러미 들여다보네

가면놀이

계절이 지나가도
벽오동 열매처럼 떨어지지 않는 이름이 있어요
불쑥 찾아올 것 같아 지울 수 없는 이름 말이에요
세상을 버린 그는 카카오 친구목록에 살아요

코코아를 마시다
갑자기 가면 놀이를 하고 싶었던 걸까요?
소녀의 얼굴을 선택했네요
그의 이름이 문패처럼 카카오나무에 걸려 있어요

-아이폰을 가진 지 43일
-내가 태어난 지 4,208일
-내 생일까지 175일
-친구가 설정한 이름 소정이

생그레 웃는 소녀는
갈색 푸들과 셀카를 좋아하며
라넌큘러스가 어우러진 꽃다발을 안았네요

귤껍질처럼 그의 목소리 말라가는데
치렁치렁한 머리카락을 손빗으로 넘기며, 그가
참말 찾아왔네요

구두

시친 말이 마방에 들어왔을 때
사내가 두어 번 재채기를 하였으므로
말굽에 묻어온 길이 털썩 주저앉았다

수많은 길을 헤집고 다닌 말이
깨진 코와 상한 뒷발을 절름거리며
더 달릴 수 있다고 수선을 떨어 보이지만
사내는 말고삐를 바짝 당겨 말뚝에 맸다

너덜너덜해진 말굽에 징을 갈아 끼우고
깨진 코에 끈적이는 약을 발라 주었다
창문을 넘어 들어온 천 개의 바람이
만 개의 손가락으로 말갈기를 빗고 있었다

깃발처럼 갈기를 펄럭거리며
청보리밭을 지날 때
생의 파란도 예감했을까?
딸깍거리는 말굽 소리로 길을 흔들 때

자신의 육즙으로 길을 내고 있다는 것을
알고 있었을까?

마방을 벗어난 말이
길을 데리고 걷는다, 투레질 소리에
꽃비,
절걱절걱 내리겠다

주머니 속 그림자는 어디로 갔을까?

여행 가방 속에는 자잘한 주머니들이 아주 많아
기억을 잘 붙잡아 두지 않으면
아주머니들이 자꾸 집을 나가 버리지

무엇을 빠뜨리고 온 것 같아
여행지를 뒤돌아보는데
집들이 숨바꼭질을 하는 바람에
낯선 골목길은 번번이 엇갈리지

문을 닫고 돌아설 때
나 부르는 소리 왜 길게 들렸는지
못 들은 척 문을 꽝 닫았는데,
마음은 왜 그편으로 자주 기울어지는지

아침과 저녁이 몇 차례 번갈았을 뿐인데
캄캄한 거기 무얼 두고 왔는지
문이 닫혔는데, 왜 급히 나를 불러 세웠는지

여행지에서 아직

데려오지 못한 나를 찾느라

안주머니와 바깥 주머니 사이를 헤매고 있는지

입이 없는 너는

어디로 갔니?
들꽃 무늬 티셔츠
뻐꾹나리 꽃술에 실바람 불었는데

맥문동 그늘이 쥐콩처럼 익어가는
말복 지나서야 생각이 났어

옷장 속
팔다리 빠져나간 헐렁한 옷과 옷 사이
살갑던 네 그림자 흔적도 없었어

무섬마을 모래톱에 접어두고 왔을까
보라카이 해변에 펼쳐두고 왔을까
매미들 미안미안 울어 쌓는데

길었던 계절 막바지
아픈 그녀가
미죽 한 그릇 비우고 가쁜 숨 놓아버리듯
입이 없는 너는, 어디 숨었니?

바람의 기억

리모컨 하나로
솔바람 바닷바람 불러올 수 있지만

늘골 두어 개 부러진 부채바람 꺼내보는 건
생쑥 타는 모깃불과 보리밥 뜸드는 소리
잊을 수 없어서이지

생솔가지 쿨럭쿨럭 타거나 말거나
빚이 비전이라고 젊은 이장 핏대 세우거나 말거나

초저녁별이
아이들처럼 평상에 뒹굴고
별똥별 꼬리에 매달려 꿈속을 날아다니던
그날의 슬하

부채 하나로
슬렁슬렁 산등성이까지 달을 밀어 올리던
푸른 바람의 기억

도마

사람이나 사과나
도마 위에 오르면
썰리거나 깎이기 마련인데
백 년 가까이 썰다 보면
움푹하게 깎였지만
그래도 살아남은 건 도마였다

그만했으니,
눈 감고도 썰지 싶어서
무언가 자꾸 썰고 싶어서
밤중에 일어나
홑이불만큼 얇아진 도마를
이리 엎었다 저리 뒤집는다

일생 썰어 놓은 것들은
어디서 잠들었나?

낡은 신전에서 흘러나오는

배흘림 기도 소리

뱃속 다 들어내고
마침내 활이 된 등도마를
힘겹게 돌아 누이는 중이다

어머니,

나비의 비문

삼베 홑이불 덮고 모로 누운 여름 자리
묏등 같아

무덤 속 나와 안팎의 눈 마주치다

복사꽃 실타래처럼 풀리던 오후
나는 뿌리 깊은 집 헌옷같이 벗어 버리고
안방에서 건넛방 들어가듯 건너왔지

한 사흘 머무르다 나비처럼 사뿐 빠져나갔지

꼬맹이들 묏등에 올라
통통한 궁둥이 붙이고 조르르 미끄럼을 타는데
참았던 웃음이 옆구리로 터져 나올 뻔했지

꽃비 맞으며
아이들은 복사꽃 웃음 흩날리고, 나는
멧노랑나비 두어 마리 선물로 보냈어

나비를 쫓던 아이 걸음을 멈추고
동글동글 눈을 굴리며, 엄마
나비의 무덤은 어디 있어요?
나비의 비석에는 뭐라고 써요?

울음의 방식

아기에게 우유를 먹이고
들이마신 공기 빠져나올 때까지
비몽사몽 함께 졸다 보면
이마가 툭, 떨어져

한 곬으로 흐르는
울음 앞에 잠잠히 기다리는 것은
오래 익혀 온 내 삶의 방식

울음 꼬리에는 예리한 날이 있어
몸을 휘돌아나갈 때, 자칫
베이기 쉬운 것

마음이 생길 때 터지는 울음은
제풀에 잦아들기까지
굽도 젖도 못 하고 마냥 기다리지

궁둥이를 치든 먼 산도

일흔 번씩 쓰러지며, 울음의
색깔을 다 버렸어

운다고 달라질 것 없는 날들이
나를 지우며 건너가고 있어

목백일홍

어느 별에서 시작된 새날이
밤마다 마을을 향해 걸어오는가?

은하수 담긴 강을 총총히 건너
오리나무 가지에 가는 발목 내리고
말간 얼굴 새벽 눈썹에 와 닿았는가?

막 태어난 하루가
배롱나무 가지에서 내려와
이슬 적신
수천수만 입술 한꺼번에 터뜨리며
왁자한 웃음판을 펼치는구나!

타오르는 꽃숭어리는
언제 울음을 삼켰을까?

가지 끝에 매달린 붉은 순명이여

소중한 것들

산당화 울타리 넘어오던 햇살과 집으로 걸어가던 살피꽃밭 맨드라미와 조무래기들 뜀박질에 출렁거리던 바깥마당과 빨랫줄, 두레상에 어우러지는 높은 산과 정결한 골짜기의 취나물이며 산마늘과 어수리꽃이 재잘거리던 두레상과 손등을 간질이던 씀바귀 쌉싸래한 맛까지

명절에 먹는 돔배기는 두고두고 질리지 않지만, 그중에서 제일 맛있는 건 검둥이가 오르내린 동그란 눈빛이었다 한두 사람씩 빠져나간 마당은 금세 텅 비었고 검둥이가 마지막으로 나간 뒤, 허릿심이 다 빠져버린 늙은 새댁이 대청마루를 삐거덕 일으키며 문고리 잡는 연습을 하고 있었다 뒷산이 마을을 척척 접어 공중으로 올라가 버리면 언덕을 내려오던 달빛이 잃어버린 것을 찾으러 내 살던 옛집을 기웃거리겠다

개쉬땅

그해 여름의 반은
개쉬땅나무에 마음을 붙이고 살았다

필부필부의 오르막이기도 하고
바람의 내리막이기도 한 나지막한 담장

오월 부케보다 더 눈부신 개쉬땅은
무수리 같은 이름에
총총, 황후의 진주를 매달고 있었다

그녀는 장미의 족속
수수깡 같은 아저씨와
바람 빠진 일 바지 같은 아주머니
여럿을 거느리고 있었는데

칠월이 다 가도록
개쉬땅꽃은 눈부셨고
마음을 붙여 둔 담벼락에는

수수알 같은 수심이
무수히 지고 있었다

노각

새파란 백다다기 상자에 딸려 온
늙은 오이

눈가는 데 없는
심심한 얼굴에 밋밋한 몸피는
오래된 적막이다
냉가슴이다

어린 새끼 끈 붙이겠다고 기어이
혼자 늙은 큰언니 외꽃 같은 얼굴이다

볼끈 짜 놓은 걸레처럼
각이 나오지 않았을 그날의 막막

노각이다!

누수

물 하나로 세상을 휘어잡으려는 듯 폭우는 새로 덮은 강판 지붕을 세차게 두드렸는데, 곰팡내 나는 마음은 내다 말릴 엄두도 못 내고 연초부터 '코로나 19'에 갇혀 지냈는데, 늦장마는 반란군처럼 젖은 군홧발을 쿵쾅거리며 팔월의 지붕을 쏘다니고 있었다 잠시 비 그칠 때, 낙숫물 소리 척척 시간 달아나는 소리를 내기도 했는데 도무지 얽히고 싶지 않은 누추 몇 알이 눈동자처럼 천장에 박히기 시작하더니 감시 카메라처럼 한순간도 놓치지 않고 꼼꼼히 내부를 들여다보고 있었다

파고드는 손톱 가장자리를 물어뜯는 동안 지붕에 대한 신념이 두루마리 휴지처럼 뜯겨나가고 천장은 더 다정한 척, 더 친절한 척, 천천히 물방울을 떨어뜨렸지만 나는 점점 어둑한 침묵 속으로 침잠하고 있었다 빗소리는 점점 젊어져 베갯머리까지 빗물이 차오르면 낡은 집은 두둥실 떠오를지도 몰라 두 손으로 턱을 괴기도 하면서 사흘 낮밤을 빗소리에 젖어 지냈는데, 똑똑 헛방 문 두드리는 소리에 마음 만지다 들킨 사람처럼 눈이 회동그랬는데 나는 벌써 벽화 그려진 원시 동굴 속에 들어와 있었다

3

종점은 가장 야만적인 꽃밭

두 시부터 네 시 사이

고양이처럼 웅크린
새벽 두 시의 편의점

건성으로 켜 놓은 형광등 아래
메마른 눈꺼풀 견디는 미생이
두 시에서 네 시 모퉁이를 몽상인 듯
건너고 있어요

벽면 차지한 도시락 종류만큼
두근거리는 모서리, 바코드를 읽는 동안
초침이 척척 등뼈를 밟으며 지나가요

고양이처럼 달아날 수 있다면
빳빳한 수염을 아스팔트 위에 쏟지만 않는다면
재빠른 속도로, 원하는 만큼 사뿐
날아오를 수 있을까요

출입문에 눈 디밀어 보는 회색 고양이가

저 닭은 눈동자에 화들짝 놀라는

새벽 네 시

한길 건너에는 편의점이 있고

새벽은 구부러진 골목을 돌아 천천히 도착해요

당신의 미명처럼 말이에요

망초꽃 피는 종점

종점의 꽃들은 지기 위해 핀다

이름을 묻지 않고 향기를 따지지 않아서
종점은 가장 야만적인 꽃밭이 된다

여기까지
덜컹거리며 달려왔는데, 돌아보니 그 자리
내남없이 종점에 모여든다

"다녀오세요"라고 했는데 다녀갈 수 없어서
"안녕히 계세요"라고 했는데 안녕할 수 없어서

꽃송이로 필 때까지
기다리자 말하다가 다시 필까 생각하다가
부질없는 바람을 지우다가
시나브로 시들어간다

침묵의 꽃들이

망초처럼 절로 피는 종점엔
설익은 넋두리 한 백만 송이 밤을 뒤척이고
돌아가야 한다고 중얼거리기도 하는데

종점에 엎드린 망초는
스르르 풀리는 노구의 눈망울을 닮았다

목련나무 근처

머뭇거린다, 겨울 목련을 그냥
목련꽃이라 부르기로 했다

목련나무에 새 떼처럼 앉은 아린을
겨울 목련이라 해두자
날 풀리면
공중에서 몸 풀고 날개 퍼덕거리며
백목련 자목련 꽃필 거라 했다

바람이 지날 때
딸꾹질 소리를 내는 털북숭이를 보고
눈이지, 꽃이지 하다가
사람들 원탁에 마주 앉아
눈도 꽃도 아닌 게 분명하다며
되는대로 겨울나무라 부르자 했다

—우리가 겨울나무라면, 여름 목련나무는
  또 뭐라고 불러야 하나

피어보지도 못하고 꽃물 왈칵 쏟아낸 태아
이리 찢기고 저리 흩어져, 더러는 잊히고
더러는 쓰레기 더미 속에 쌓이겠다

목련꽃 아래를 지나가는 사람들
발밑에 쓰러진, 애기愛己가 낳은 참혹한 꽃길을
걷겠다

폭우의 등

날 먼지 냄새가 물큰,
멀리서 말발굽 소리를 일으키며
나무와 길과 한 생을 가로질러 소나기는
용사처럼 달려왔다

맥없이 무너지는 길 위에서
다짜고짜, 한번은 마주쳐야 할 폭우라도
지금은 아니다

설움을 익히지 못한 아기가
아직 강보에 싸였고
돌을 삼켜도 말랑하게 삭혀 낼 청춘이
강보다 길게 남았다

하늘샘이 열리고 웅덩이가 솟구쳐 물 개락인데
급류에 휩쓸려 자맥질하다가
더미처럼 강가로 떠밀려 나온 사내

급한 물살이 속옷까지 다 벗겨가고
수초 몇 가닥이 벗은 몸의 수치를 가려 주었다

모래톱에 엎드려
절망이라는 절망은 죄다 벗어버린 사내
그 도드라진 등허리가 다시 태어나도 좋을 만큼
하얗다

신들의 정원
　—사려니숲

덜컹대며 사는 일이 멀미가 날 때
삼나무 서어나무 우거진
제주 사려니숲으로 가자

키 큰 나무들과
앞서거니 뒤서거니 숲길 걷다가
족쇄 같은 신발과 등짐 가방은 길 어디쯤
벗어도 좋아

애면글면 달고 다닌 온갖 이름과
손때 묻은 집이며 반질반질한 가계부
새처럼 초조한 발은 잊어도 괜찮아

새장을 활짝 열어 새털구름 앉힐까?

햇살 얼비치는 신역神域을 가로질러
솔새는 태양까지 날아오르고
비비새는 해종일 휘파람을 던지겠지

사려니숲, 신들의 정원에선
어깨 느슨한 신선이 맨발로 앞장서고
신들의 후예는 뒤따라 걷는다지

어린 삼나무는 벌써 긴 그늘 드리웠을 거야

공중은 구름이 한물이다

차창 안으로 뛰어든 구름
흔들리는 무릎에 앉히면
나는 절반 열두 살 계집아이가 된다

회화나무 꽃 무더기로 피고
갈래머리 닿지 않는 하늘가엔
양 떼들 뛰노는 소리

구름 그림자 산허리 건널 때
사향노루 한 마리 펄쩍 뛰어오르도록
산은 엎드려 숨죽이고 있다

그 많던 양 떼들
양 떼는 자라 풀밭이 되고
풀밭은 다시 양 떼가 된다 해도

클라우드에 웃음을 저장하고 돌아서서
까무룩 잊어버리듯

사람들은 시무룩한 얼굴로 구름 아래를
지나갈 뿐
공중은 그저, 구름이 한물이다

시래기와 손잡다

마른 상자에서
시래기 한 모숨 덜어내며
시래기 같은 그녀와 손잡는다

푸르뎅뎅한 손등과
바람이 반인 일 바지와
갈라진 뒤꿈치는
가을 무처럼 차가웠다

밑동 베어내고 남은 생이
한 두름에 엮인 채
뒷담 벼락 시시한 시래기로
말라가고 있었다

—엄마처럼 안 살아

서슬 퍼렜던 나
시간에 붙잡혀 뱅뱅이를 돌다가

시래기를 닮아간다

지어도 밥 안 되는 시를 안치고
시시콜콜 매만지며 뜸을 들이다가

돌아보면,
어머니 혼자 시가 되어 있다

허수 일가

이 문둥이가 반 서른도 못 되어
보리밭에 제 아버지를 묻고
허수아비 아들이 되고 말았는데

메뚜기같이 다리를 접고 앉아
오일장 나간 어미를 해종일 기다리다
어린 콧등에 송골송골 땀이 맺히기도 했는데

보리누름이 되면 어쩌자고, 그 아이가
대문간에 쪼그리고 앉았는지 몰라

용해 빠진 문둥이가
하는 일마다 쫄딱 망해 먹고
이렇게 재수대가리 없는 놈이 세상에 어디 있냐며
비빌 언덕을 찾아 울먹거렸는데

이 문둥이가 얼마 전에
아예, 아비 곁으로 가 버렸다는 소문 날아들어

안됐다 하다가 편히 잘 갔다 싶다가
보리 까끄라기 든 것처럼 가슴팍이 따끔거리는데

그의 콧잔등 더듬으며, 손톱이나 깨물며
살다 보면 허수 아닌 사람 어디 있겠느냐고
중얼거려 보는데

간이역

추풍 머무는 봉정역 대합실엔
영천장 보러 가는 아지매도
불콰하게 취한 관정리 아재도 보이지 않고
늙은 나무의자에 햇살만 뒹굴고 있었다

잊은 것들을 버리지 못하는 벽시계는
쓸쓸하니 쓸쓸하니 저 혼자 묻고
괜찮아 괜찮아 대답하다가
응, 응 잠꼬대를 하다

기차의 꼬리처럼
모롱이에서 사라지는 것들에 대해 생각하다
깊은 잠에 빠진 듯

놓치지 않았으면 남아 있지 않을
기다리지 않았으면 떠나가지 않았을 대합실에
남은 것은 언제나 쓸쓸하거나 씁쓸한 것들

폐역사의 적막은

가져가는 이 없어 벽시계 앞에 걸터앉았다

독의 솔가率家

  할머니의 할머니는 지체 높은 가문의 비녀였을까요? 몰락한 가문이 언제부터 거기 일가를 이루고 살았는지 알 수 없지만, 할머니는 그날 무슨 잘못을 저질렀는지 하얀 사발 앞에 손이 발 되도록 연신 몸을 조아리다가 눈두덩이 수북해진 할머니가 입엣말 몇 마디를 주문처럼 웅얼웅얼 독 안으로 던졌는데 항아리의 배가 참 부르기도 했지요 내 딴에는 항아리가 아기를 배수리고 있어서 꼬마들에게 장독대 근처는 얼씬도 못 하게 하고 할머닌 정화수에 맑은 기도를 담아 바치거니 생각했는데, 어느 날 참말 큰 독이 올망졸망한 새끼 독을 여럿 낳았더라고요

  이따금 개살구가 불한당처럼 날아들어 장독대 근처 봉선화 낯빛 겹겹이 붉어지기도 했는데 생각지 못한 날 독 곁에서 할머니는 그만 비녀를 놓아버렸지요 꽤 오랫동안 나는 할머니를 찾으려고 독 뚜껑을 열어젖히고 출렁이는 하늘에 얼굴을 넣어보기도 했지만요 비녀가 독을 버려서 봉선화는 일찌감치 식솔들을 데리고 떠나 버렸으며 풋살구 몇 알 겨우 깔고 앉은 삐딱한 독은 참 허무해 보였는데요 언제부터 거기 일가를 이루었

는지 이제 하나도 중요하지 않아서 고궁처럼 그저 입이나 헤 벌쭉 벌리고 있는 장독대를 울 밖으로 몽땅 흩어 버릴까 해요

허수아비

채우려 하면 할수록
채워지지 않는 슬픈 몸뚱어리가 있어
낡은 모자, 빈 깡통 옆구리에 찼네

참새구이가 맛있다는 풍문이 있지만
그 사내, 한마당 무르익는 수다를 듣거나
깡통을 흔들어가며 큰 소리를 지를 뿐
참새를 잡아채 가두거나 기절시킨 일은 없네

뼛속까지 허공인 참새 몇 마리가
하늘 자락을 질질 끌고 와 깡통을 채웠네

아직 들판에 벗어나지 못한 그 사내
하늘로 가득해진 깡통을 흔들어 보이며
히죽히죽 웃고 있네

옥탑 풍경

빈 병 나뒹구는 옥탑에
어스름 내리고

빨랫줄에 널린 바짓가랑이는
신들린 듯 펄럭거리는데
바람을 의지하며
옥탑에 몸을 묻는 사내

사표를 던질 때는
쉼이 있는 생활을 선택한 줄 알았는데
생활 없는 쉼을 마주하고 있다

초저녁달이 간당간당 술병에 흔들릴 때
엎어진 술병 일으켜 세우며

제발,
쓰러지지 말 것

마리골드를 위하여

능성동 112번지
햇살 말리기 좋은 담벼락이 있어
앙다문 발가락 틈새를 비집어
꽃씨 한 낱 심었다

물정 밝히지 않는 이곳에선
천수국이나 만수국을 이룰 수 있겠다

손 뻗으면 멀리 당신까지 닿을지
종부돋움해도 보이지 않던 당신
은둔의 가부좌 풀어 예까지 오실지

일가를 이룬 환한 꽃 둘레
꽃들의 남은 말은 나지막한 원색이다

햇살 한 상 푸지게 받은 마리골드는
담장 밖에서 들여다보는 꽃, 겹겹 스란치마
시월의 야윈 발등을 넘치게 덮었다

홍시

종소리 따라가네
장천을 흔드는 감나무

누가
긴 종 줄 잡아당기나?

깊고 푸른 하늘에

쏘아 올린
폭죽

발톱 내미는 여자

볕 들이치는 창가에
어제 신문을 발가락으로 읽는 여자

내편이라 부르는 그 여자의 남편이
둥근 자세로 배부른 아내의 발톱을 다듬어요
손과 발이 맞잡은
그야말로 손발이 잘 맞는 부부예요

경전에 입맞춤하듯 깊숙이 구부려
발톱 다듬는 저 자세
하나님도 어쩌지 못하고 빙긋 웃어 버려요

탁, 탁 바깥으로 튀어 나가고 싶은
생각이 접혀요
발톱을 내민 이 순간만큼은요

오래 구부리다 보면
치솟고 싶을 때가 있을 거예요

내 편인지 남 편인지
가늠 안 될 때가 있어요

말을 구부리고
침 한 번 삼키듯 슬며시 넘어가 주다가
괜찮아, 했지만 하나도 안 괜찮아서
마음마저 구부린 여자

조금 자란 발톱을 만지며
발톱은 손톱보다 아주 천천히 자란다고 생각해요

4

나무들도 태양을 낳으려고

춤추는 계단

계단이 파도처럼 다리를 데리고 달아나네
출렁거리는 계단이 없었다면 무거운 다리가
발에 붙어 있는 줄 어찌 알았겠어?

발이 닿을 때마다 계단은
뺨, 뺨, 뺨 안단테의 속도로 노래를 불러
처음부터 절대음감을 가졌나 봐

얼마 전, 다단계의 벽에 부딪힌 청년이
엘리베이터에 실려 내려오는 걸 본 적 있지만
계단도 그를 버렸다는 걸
나중에야 알았어

지친 다리를 소파에 내려놓고, 나는
계단이 자기 몸을
양가죽처럼 착착 접어 둘러메고
소리소문없이 사라지는 꿈을 꿔

계단이 있다는 건 참 고무적이야
구두 뒤축에 고무를 붙이는 것도 그 때문일 걸

오늘도 계단이 심하게 출렁거렸어
살아 있는 제 숨을 힘껏 흔들어 보였던 게지

꿈꾸는 돌

그러니까, 반백 년 훨씬 전 목 기다란 새가 콩밭 매던 아낙의 치마폭에 반짝이는 돌 하날 떨어뜨리고 등성이 너머로 사라졌다는데 기왕이면, 아름드리 금강송 우거진 둔덕이나 황금 빛살 내리쬐는 인근 골짜기에서 알처럼 쩍 갈라지는 바위를 박차고 깃털 펄럭이며 날아오르는 돌이었으면 좋았을 걸

새알 같은 돌 하나 아랫목에 묻고 쑥부쟁이 바람 드나들 듯 단내 나는 마음이 들락거렸던 것인데 콩꽃 수십 번 일고 지는 사이 돌은 신비한 빛을 내거나 표주박처럼 자라기는커녕 바람 구멍이나 숭숭 키워갔던 것인데

글쎄, 뭐 그리 자랑할 만하다고 단내 땀내 나는 비탈에서 모 가지 쭉 늘이며 물소리 바람 소리 쫓아다니던 제 어미 습성을 닮아서, 기다리지 않아도 될 것이나 기다리더니 뒤늦게 날개가 돋으려는지 가끔 겨드랑이가 근질거려 눈먼 황새 흉내를 내며 없는 날개를 펄럭거려 보는 것인데

설화舌禍

이건 비밀이야
빛을 보게 해서는 안 돼
꽁꽁 싸서 향나무 밑에 묻으면
비밀의 몸에서 향기 나는 새움이 돋을까

낯 벌게진 감나무가 다 안다는 듯
이따금 헛기침하지만 아랑곳하지 않는군!
비밀은 향나무 밑동에서
대 이을 자식을 줄줄이 생산할까

감나무가 담장을 넘는 동안, 비밀은
자식에 자식을 보다가 평안히 잠이 들까
오래 묵히면 비밀도 술이 될까

네게만 들려주는 비밀이랬잖아
입이 술술 풀리는 술자리에서
불쑥 튀어나온 말
약이 될까, 독이 될까
칼이 될지도 모르지

겨울은 그예 섬망을 앓았다

통점을 달래는 데 파스만 한 게 없지

소나무는 종아리에 통점을 가졌나?
섬피를 두른 나무들
솔내 가득한 그곳에서
왕거미는 늘어지게 한숨 잤는데
아직 세한이다

겨울나무마다 깃을 세운 섬피
코끼리 꼬리에 묶은 삼각끈처럼
서로에게 무안한 배후는 접어두기로 한다
이불도, 은신처도 못 되는 잠복소가
길 위에서 집인 양했다

지나간 가을 기다리는 마음과
다가오는 봄을 버리겠다는 마음이
잠복소 안에 뒤섞였는데
일망타진을 알 턱 없는 노린재가

뜬금없는 거푸집을 다독이고 있다

거울은 그예 섬망을 앓았다
파스 한 장으로 가릴 수 없는 통증이어서
늙은 소나무는 끝내 바람을 버렸을까?

섣달그믐께

그믐께라는 말, 늘어난 양말 목같이
어정쩡한 대답이다

끝날 이쪽저쪽이 그믐께의 주인이기도 하지만
달이 차고 이울듯 끝날도 매번 출렁거리지

그믐께는 터널의 들머리 아득한 적막과
끄트머리 쏟아지는 새 빛을 양손에 잡고 있지

차오르는 배를 보며
몸 푸는 달이 언제냐고 물었을 때
섣달그믐께라고 어머니는 대답했을 것이다

하고많은 그믐께 중
허리 펴기 좋은 윤사월 그믐도 있을 거구만
하필이면 섣달그믐 차디찬 허공에
아주 잠깐 새벽 등불을 걸었던 것이다

눈에 버티개를 하고
메마른 심지를 부리나케 문질러
혹독한 불씨 하날 얻었다는 탄성이었을까
어둠 같은 건 다가오지 말라고 내미는
성물이었을까

그믐께가 맞잡은 어둠과 빛
그믐달은 검은 허공에 가득 찬 만월이라는 말
그믐밤을 수백 번 지새 보니 겨우 알겠다

별꽃 위에는 언제 별이 내리나요?

참 별난 구석이 있는 시절이었지요
변란 중에 별이 보이는 곳이라면
별꽃은 어디나 수없이 피었지요

별꽃 같은 추억이래야
천막과 군화와
엎질러진 피비린내가 전부인데
그 기억만으로 백 년을 버틴다는 건
참혹한 일이라고 봐요

별은 어디서나 볼 수 있지만
별이라고 다 릴케의 별이 될 순 없어요

밤마다 별별 생각에 잠기다 보니
참 별 볼 일이 많았네요, 아니

딱 여기까지가
치통을 견디는 입술처럼, 어금니 꽉 깨무는

이유 아니겠어요?

한 면을 맞추면 다른 한 면이 어긋나 버리는
큐브의 틈새에 나는 피다 지다 해요

찬별이 바리바리 내리는 여기서
가슴팍에 피워 올린 들꽃이나 바라보며
이렇게 오래 기다리게 될 줄 몰랐어요

그녀의 초상

물처럼 엎질러진 그녀를
방울방울 거두어 사진 속으로 들여보냈다

물기가 마르는 동안
가족은 함께 모여 있을 뿐
서로의 눈은 쳐다보지 못하고
텔레비전에 멀뚱히 눈을 주고 있었다

이팝꽃 다 흘러내리고
그녀 혼자 집을 지키는 동안
슬픈 정거장에는
그녀의 얼굴이 서성이기도 했다

사진 속 그녀와 마주하고 싶지 않아
서너 정거장을 더 갔다가
한참을 에둘러 우체국 앞에 멈추었다

엎질러진 시간을

소포처럼 찾아오고 싶었지만
우체국 문은 이미 닫혔고
붉은 신호등은 긴 하품만 하고 있었다

건널 수 없는 횡단이
아스팔트 위에 출렁거리고 있었다

유령의 시간

명복공원의 아침은
상복 입은 대형버스와 함께 열린다
죽음이 저만치 절름거리며 따라오지만
밤이 무서워 아무도 여기서는 죽지 않는다

황포를 입고 문으로 들어간 사람
홰나무 그늘, 나무 의자에 우두커니 앉았다가
수런대는 목소리에서 생생하게 살아나고
반쯤 남은 국밥에 어른거리다가
미망인의 손등에 툭 떨어진다

방진 마스크를 쓴 사내가
속죄하듯 항아리 앞에 거수경례를 붙이고
압축된 한 줌 생애를 건넨다

그 무엇으로도
화해할 수 없는 시간은 덮어야 했다

고구마가 익어가는 동안

아이들은 키득거리며 영화를 보고
나는 종이 위에 노랑나비의 말을 펼치고 있었다

다 익었다고 소리쳤지만
문들은 모두 닫혀 있어서
아무도 듣지 못했다
속이 다 탄다고 더 크게 비명을 질렀지만
아무도 내다보지 않았다

팔다리를 놓아버린 지 이미 오래
불 위에 누운 채, 아무도 모르는 채
재가 된 고구마

돌아보지 못한 죄가
두꺼운 냄비에 새까맣게 엎드려 있다

은행을 털다

은행 두 채를 털었으니 저녁이나 같이 먹자고 동명교회 목
사님이 메시지를 보내왔다 구린내 나는 은행을 탈탈 털어 아
예 껍질까지 벗겨버렸다는 이야기인데 돈 돌아가는 걸 마음에
두지 않는 목사님이 작심하고 은행을 턴 것이란다

교회 마당으로 들어온 은행나무가 예배당 사람들의 은밀한
기도에 귀 꽂아 두었다가 실수한 척 노랗게 익은 비밀을 계단
안쪽으로 툭툭 던지곤 했는데 철없는 아이들이 그걸 밟아 들
여 예배당 안팎에서 꼬리 없는 소문이 몰려다니더란다

잔뜩 두들겨 맞은 은행나무 낯빛이 노랗다 심심해서 장난
좀 친 걸 가지고 벌이 너무 가혹하다고 와르르 몸을 떠는데 목
사님 얼굴은 늦가을 바람만큼 단호하다 아무 데나 끼어드는
물신의 구린내는 뿌리째 뽑아버리는 게 좋다고 운동화 밑바닥
까지 탈탈 털었다

모퉁이

산 아래 집들이 숨바꼭질하는 마을
모퉁이 돌면
아이들이 거미처럼 숨어 있는 곳

언덕배기 살구나무 집
모퉁이가 무너졌다

백 점을 흔들며 바람처럼 달리거나
회초리 맞은 종아리를 서늘한 손에 맡기거나
숨어 있던 담벼락이 풀쑥 놀래는 일들
모퉁이와 함께 무너졌다

벌판에 서 있는 바람의 아들
바람처럼 떠돌다
바위에 박혀 가라앉고 싶었다

사거리 잰걸음 돌아가는 모퉁이에
아버지의 바람이 분다

석양

서녘 하늘에
동그란 접시만큼 똑 떼어낸 구멍
눈부시게 붉은 항아리의 입이다

누가 흙먼지 뒤집어쓴 채
서녘 가마에 불을 지펴
하늘 항아리를 굽고 있나 보다

입을 잃은 나는
항아리 안에 있는지
항아리 밖에 있는지
어안이 벙벙한데

비장한 말씀이
유서처럼 길게 꽂히고 있었다

그 숲에서 서성거리다

나무와 나무 사이를 걷다 보면
어둠이 헐렁해진 소매처럼 내려옵니다

귀에 익은 목소리는 발밑에서
그림자 너비만큼 부스럭거립니다

새파란 달빛에 숲이 젖습니다
큰 바위 천천히 몸을 뒤척이고
연한 가지들이 팔을 뻗으면
작은 새들도 힘껏 숲을 밀어봅니다

숲이 없으면 바람은
어디에 푸른 집을 지을까요?
집이 없으면 새들은
어디서 지친 날개를 벗을까요?

당신 생각을 매달아 두어
그 숲은 밤늦도록 출렁거립니다

폭설

첫눈 오면 만나자는 상투적인 이야기는 하지 않기로 해요 흩날리다 마는 애매한 첫눈 까닭에 번번이 약속을 놓치기도 했지만 지고 없는 이름에 약속을 붙이는 게 무슨 의미가 있나 싶기도 하고 어찌되었든 눈보다 순정한 웨딩드레스에 대한 예의가 아닐 테니까 첫눈에 반한 마음이 지키지 못한 약속처럼 노랗게 변한다 해도 새날이 오고 폭설이라도 내리게 되면 모두 덮일 거니까 괜찮다고 생각해요

결혼식이 코앞인데 지난날은 모두 묻겠다는 결심처럼 밤새 눈이 내리고 길과 마을은 까마득히 멀어졌는데 아무것도 모르는 어머니는 막 찐 백설기를 한 마당 편 것 같다고 했고 나는 사라진 길이 무섭다고 했지요 밤을 하얗게 새우며 폭설 같은 이야기를 첨첨 쌓아 올리다 보면 섬돌까지 올라선 눈 때문에 마당과 지붕은 조금 가까워졌고 나는 설국에 들어온 것처럼 포근하다 슬퍼졌어요

옛집은 쓸쓸하지 않으려고 아그배나무 가까이 다가서고 새들은 잔가지가 휘도록 노래를 불러 첫눈에 대한 생각이 아주

없어진 후에도 이따금 길과 마을에는 기습적으로 눈꽃이 피어
났고 어느 날엔 기척 없이 찾아온 아랫목이나 아궁이 같은 따
끈한 말이 형광등처럼 나를 바라보다가 머리카락에 붙은 눈을
털어주기도 했는데 마당에 가득 펼친 백설기 덕분에 따뜻해진
폭설은 이만 그칠 거예요

막차를 놓치고

망설이다가 막차를 놓친 적 있다

나를 앞질러 떠난 막차는
천지에 빽빽한 어둠을 부려놓고
서둘러 발을 빼 달아났다

막차를 놓쳤는데
마을에선 별일 일어나지 않았다
젊은 부부는 초저녁 잔치를 치렀고
달그림자는 희뿌윰한 마당을 차지했다

부러 막차를 놓치고, 갈 데까지 가 보자고
아득바득 오기를 부린 적 있었다
그 아구똥진 깡기를
종주먹처럼 내밀던 그런 때가 있었다

미리 도착한 막차를 놓치고
새벽을 기다리는 동안
나무들도 태양을 낳으려고 끙끙대고 있었다

정제된 서정, 은유의 시학

이 태 수

정제된 서정, 은유의 시학

이 태 수 / 시인

ⅰ) 박희숙의 시는 섬세하고 정제된 서정抒情에 분방하고 발랄한 언어의 옷을 입히고 날개를 달아 낯설지만 빠져들게 하는 세계로 이끄는 매력을 발산한다. 이 낯설게 하기의 안팎에는 은유隱喩 기법이 은밀하게 개입되고 있으며, 언어가 언어를 부르는 연상聯想의 묘미가 다채로운 양상으로 변주變奏된다.

신선하거나 기발한 발상과 상상력이 받들고 있는 그의 시는 이미지의 비약이나 전이轉移 때문에 때로는 문맥이 까다로워지고 난해해지기도 한다. 그러나 이 첨예한 감성과 언어 감각의 결과 무늬들이 시적 개성을 그 뉘앙스 만큼 강화해 준다.

시인은 어떤 사물에든 빈번하게 인격人格을 부여한다. 조우하는 사물들을 사람처럼 가까이 끌어당겨 교감하면서 거의 어김없이 화자의 감정을 이입移入한다. 이 때문에 그의 시는 대상의 재현이 아니라 내면에서 일어나는 감정들을 투영하거나 투사해 자아화自我化된 세계를 떠올리게 마련이다.

인간을 향해 열리는 마음을 담은 시에는 한결 곡진曲盡하고 절절한 사랑과 연민憐憫이 스미고 번진다. 또한 토속적인 서정과 과거지향적인 그리움을 노래하는 시편들에는 회귀의 정서가 두드러진다.

ii) 시인은 어떤 사물에든 인격을 부여해 사람같이 가까이 끌어당기며 은밀하게 교감한다. 시인이 마주치는 사물에는 빈번히 화자의 감정이 이입된다. 벚나무를 향해서도, 장미를 향해서도 시인은 그 대상을 나무나 꽃으로만 바라보지는 않는다. 서정적 자아가 개입되면서 내면을 투영하거나 투사해 다분히 자아화(주관화)된 세계(대상)를 떠올린다.

시인의 겨우살이를 했던 심정이 벚나무에 투사돼 "세한의 고비마다 / 눈 뜨고 못 볼 일 저 혼자 받아내느라 / 할 말을 잃은"(「풍등」) 것으로 들여다보며, 벚꽃이 활짝 피는 모습도 "봄바람에 봇물처럼 말문 터졌다"(같은 시)고 주관적인 시각으로 묘사한다. 더구나 벚꽃의 개화開花를 말문을 터트리는 것만으로도 보지 않는다.

천만 겹 날개 돋은 연분홍 은어들

풍등, 풍등 날아오르는

사월

벚꽃 그늘에 앉으면 무거운 생각들도

날아오르겠다

—「풍등」 부분

인용한 대목에서 읽게 되듯, 벚꽃의 개화는 연분홍 은어隱語
들에 천만 겹 날개가 돋고, 벚꽃이 지는 모습마저 소원을 담아
하늘에 띄우는 풍등에 비유된다. 사월(봄)은 이같이 할 말을
잃은 채 세한歲寒의 온갖 고비를 이겨내고, 때가 되어 하지 못
했던 말들을 터트릴 뿐 아니라 그 말들이 하늘로 날아오르는
상승上昇 이미지를 부여한다.

이 시에서 더욱 주목되는 부분은 "벚꽃 그늘에 앉으면 무거
운 생각들도 / 날아오르겠다"는 구절과 흩날리는 벚꽃잎의 모
습을 "풍등, 풍등 날아오르는" 동작으로 그리는 대목이다. 벚
꽃 그늘에만 앉아도 무거운 생각들에 날개가 돋아 날아오르
고, 그 동작들이 풍등風燈처럼 "풍등, 풍등" 큰 동작으로 상승
한다고 묘사하고 있다.

언어가 촉발하는 연상聯想의 묘미는 시인 특유의 감각이 발

산될 경우 "풍등, 풍등"보다도 섬세하고 첨예하게 반짝인다. 봄에 새잎이 돋아나는 모습을 "연두야, 너는 / 새로 돋은 젖니를 반짝이며 / 봄 산 어루만지고 있니"(「다시, 봄」)라든가 "널 보고 있으면 내 귀엔 / 대추나무 햇잎이 곰실곰실 돋아나 // 노랑턱멧새가 반으로 접은 / 휘파람을 퐁퐁 던지고 있어 / 분홍분홍한 시폰 원피스 날갯짓 같아"(같은 시)와 같은 참신한 발상發想과 연상적 상상력이 첨예한 감각의 옷을 입는다.

　새잎이 돋는 나무를 여성(모성母性)으로 의인화擬人化해 바라보는 이 시에서는 연둣빛 햇잎을 갓난아기처럼 젖니를 반짝이며 어미인 봄 산을 어루만진다고 그린다. 그 광경을 바라보는 자신의 귀에는 대추나무 햇잎이 돋아나고, 희귀稀貴한 멧새가 반으로 접은 휘파람을 던진다고도 한다. 게다가 그 동작과 소리와 빛깔을 '곰실곰실', '퐁퐁', '분홍분홍'이라고 수식해 감각적 묘사의 묘미가 한결 증폭된다. 연둣빛 햇잎을 "분홍분홍한 시폰 원피스 날갯짓 같아"라는 구절과 이 시의 마지막 구절인 "산등성이마다 찌르르 젖이 돌고 있어"라는 묘사는 특히 그렇다.

　그런가 하면, "담장이 웃고 있었어"로 시작되는 「장미아파트」에서는 담장을 덩굴장미의 아파트로 여기기도 하지만, 담장이 가슴을 가지고 있으며, 감정을 떠올리는 그 웃음이 '애인의 꽃'에 비유되고, 화자가 장미처럼 웃는 것으로도 묘사된다. 사물과의 이 같은 교감은 역시 사람 사이의 감정 교환으로 전이되는 경우라 할 수 있다.

> 담장이 웃고 있었어
> 애인의 꽃처럼 한꺼번에 웃고 있었어
>
> (중략)
>
> 가다가 돌아보는 담장
> 장미에서 나는 가마득히 멀어지고 있었어
>
> 아무도 없는데, 나는 장미처럼 웃고 있어
> 실눈 웃음에 기우뚱 넘어와 주던 그댈
> 불러내고 싶거든
> 지금
>
> ―「장미아파트」부분

이 시에서 가슴(감정)을 가진 담장은 감정(웃음)을 장미로 드러내 보이며, 담장에 줄지어 일제히 핀 덩굴장미는 '애인의 꽃'처럼 한꺼번에 웃는 것으로 그려진다. 하지만 화자는 아무도 없고 그 웃음에서 멀어지는 길을 간다. 그 길을 가면서 되돌아보며 '실눈 웃음'으로 장미처럼 웃는다. 이 같은 교감은 지난날의 되돌리고 싶은 기억과도 연계連繫돼 있다. 실눈 웃음에 화답해 주던 그대(애인)를 다시 만나고 싶은 감정(연정戀情)과 얽힌다. 담장 너머로 기우뚱 넘어오는 '장미'는 불러내면 아파트에서 바로 나와 주던 '그대'와 '그 웃음'(화답)으로도 읽힌다.

시인은 거의 모든 사물을 사람의 반열로 끌어당겨 바라보고 들여다보는 이면裏面에는 따뜻한 마음이 자리매김해 있다. "늦장마 빗속을 헤치고 / 굴뚝새 한 마리 집 안으로 날아들어 / 거실이 순간 탱탱해졌다"(「굴뚝새를 부탁하다」)는 구절에서 읽게 되듯, 새 한 마리가 비를 피해 거실로 날아드니 순간 거실이 탱탱해졌다는 생각이 예사롭게 여겨지지 않는다.

더구나 그 새는 무리를 이탈離脫한 어린 새이며, 비를 피해 숨을 곳(굴뚝)을 찾다가 "숨을 만한 굴뚝은 보이지 않고 / 사방이 벽, / 천지가 낭떠러지"(같은 시) 같은 거실로 날아들게 되지 않았는가. 이 정황은 굴뚝새로서는 어려움을 피하려다 더 나쁜 상황에 갇힐 수밖에 없는 벽과 낭떠러지를 만나게 된 게 아닌가. 시인은 바로 그 점에 연민을 끼얹으며, 자신이 베풀 수 있는 일은 "창문을 / 열어 두는 일"이고, "비를 맞으며 서 있는 모과나무에게 / 어린 굴뚝새를 부탁하는 일"(같은 시)이라고 따뜻한 마음을 열어 보인다. 이 같은 마음은 식탁 위에 놓인 '사과'를 향해서도 같은 빛깔로 투사된다.

> 사과는 사과를 좋아해
> 한밤중 사과는 오도카니 깨어 있어
> 사과는 사과를 불러 날밤을 새우지
> 목마른 사과는 자주 나를 지나쳐 버리기도 해
>
> 오늘의 사과는 둥근 식탁 위에 있어
> 껍질을 벗길 때, 사과는
> 칼을 보고 기겁하다가 기절할 뻔했지
>
> 치명적으로 아름다운 심장이 쪼개질 뻔했지
>
> ―「사과」 부분

이 시에서 시인은 사과와 사과의 관계, 사과와 화자(사람)와의 관계를 들여다보면서 그 관계를 사람의 문제로 환치換置한다. 사과를 향해 사과(잘못을 빔)하는 마음을 담고 있다고나 할까. 사과는 좋아하는 대상(사과)을 목말라 하며 날밤을 새우지만 화자가 먹기 위해 껍질을 벗기는 칼을 보고 기겁하다가 기절할 뻔했다고 보는 마음자리 또한 이 시인답다.

식탁 위의 사과가 자주 화자를 지나치려 했다든지, "치명적으로 아름다운 심장이 쪼개질 뻔했지"라는 대목에는 서정적 자아의 순수한 감정이 오롯이 이입돼 있다. 뒤집어서 보면, 화자는 사과를 자주 먹고 싶어 하고 그 속살을 좋아한다. 사과와 화자의 관계는 그렇다. 그러나 여기서는 그 "치명적으로 아름다운 심장"이 쪼개지지 않는 유보留保 상태가 유지되고 있다는 점에 주목해야 한다.

iii) 시인의 인간을 향한 마음은 더 곡진曲盡하고 절절하다. 어떤 빛깔을 띠든 다른 사물들과의 관계보다 사랑과 연민을, 때로는 애증愛憎을 한결 짙게 풍긴다. 「당신, 미쳤어요?」에서처럼 일에만 골몰하며 무심하기만 한 사람에게 카톡 문자를 보내도 대답이 없자 앙탈한다. "밥때도 모르고 일에 파묻혀 있는가? / 너무 미쳐 탈 / 때때로 기대에 못 미쳐"서다. 하지만 "외출 중 우리, 미치다와 마치다 사이 / 어디쯤 걸어가고 있는 걸까?"라고 '함께, 그러나 따로' 치열하게 살고 있는 삶을 반어법反語法으로 떠올리며, 그 '당신'과 이별의 아픔을 짙게 절규하듯 토로한다.

샐비어가 왜 붉었는지 모르겠지만,

하얘진 시간이 커튼처럼 너울거려요

그럴 줄 알았으면 끄트머리에

진주 방울이라도 몇 개 달아 둘 걸 그랬어요

당신 목소리 꺼 두었는데

깨꽃에서 뎅그덩뎅그덩 종소리가 나요

하릴없이 나는, 붉고 흰 종소리를

뗐다 붙였다 해요

깨꽃의 반은 붉고 반은 이울어

발 없는 내가 물색없이 절룩거리면

당신 무릎도 흔들리는 종지같이 될까 봐

있는 힘 다해 이별을 끌어안아요

깨를 털듯 당신을 툭툭 털어 버리기 위해

어제도 그제도

당신 길이만큼 샐비어 꽃밭 늘렸다는 걸

아실지 모르겠지만요

　　　　　　　　　—「샐비어 붉은 저녁」부분

　깨꽃과 샐비어를 매개媒介로 붉은색과 흰색의 대비를 통해
마음의 음영을 떠올리는 이 시는 샐비어의 붉은빛과 하얀 시
간을 교차시키면서 내면 풍경을 곡진하게 떠올린다. 샐비어가
왜 붉었는지 모르겠다지만, 하얘진 시간 때문에 더욱 그렇다

고 느끼게 되고, 진주 방울을 달지 않았으며 '당신' 목소리를 꺼 두었는데도 깨꽃에서 붉거나 흰 종소리(방울 소리가 아닌)를 듣게 되는 환청幻聽과 환상을 하게 되는 것은 '왜'일까.

이 같은 역설逆說은 "있는 힘 다해 이별을 끌어안아요"와 "깨를 털듯 당신을 툭툭 털어 버리기 위해"라는 구절에 이르러 절정絶頂을 이룬다. 하지만 "당신 길이만큼 샐비어 꽃밭 늘였다"는 대목에서 드러나는 바와 같이 절절한 그리움을 다스리고 있다.

우리의 정서는 그 뿌리가 한恨, 더 구체적으로는 정한情恨이라고 할 수 있다. 가부장제家父長制의 여성들에게는 말할 나위 없겠지만, 농경사회의 대가족 속에서 성장한 시인에게도 이같은 정서가 깊숙이 자리 잡고 있다. 특히 어머니를 비롯한 가족에 대한 정은 애틋한 사랑과 연민을 동반한다.

눈 감고도 썰지 싶어서
무언가 자꾸 썰고 싶어서
밤중에 일어나
홑이불만큼 얇아진 도마를
이리 엎었다 저리 뒤집는다

일생 썰어 놓은 것들은

어디서 잠들었나?

(중략)

뱃속 다 들어내고
마침내 활이 된 등도마를
힘겹게 돌아 누이는 중이다

　어머니,

─「도마」 부분

　어머니가 그랬듯이, 도마질을 해 온 화자는 어머니와 도마를 같은 선상에 올려놓고 바라본다. 여기서 하도 오래 온갖 것을 올려놓고 썰어서 얇아진 도마를 평생 희생을 감내한 노구老軀의 어머니로 바라보면서 연민을 끼얹는다. 한가운데가 움푹 파인 도마와 같이 활처럼 등이 휘어진 어머니를 힘겹게 돌아 누이는 심경이 오롯이 담겨 있다.

　어머니는 또한 '가랑잎'이나 '시래기'에 비유되기도 한다. 「숨」이라는 시에서는 "가랑잎 같은 어머니 // (중략) // 목구멍 언저리에 뛰노는 / 어머니, / 뱉으려다 말고 나는 // 끊어질 듯 이어지는 / 아흔 너머 / 거룩한 숨을 / 물끄러미 들여다보네"라고

쓰고 있으며,「시래기와 손잡다」에서는 어머니의 노후 여생餘
生이 한 두릅에 엮인 채 말라가는 시래기에 견주어 바라보면
서 자신은 그렇게 살지 않겠다고 다짐을 하지만 나이가 들면
서 시래기(어머니)를 닮아가는 비애를 비켜서지 못한다.

밑동 베어내고 남은 생이
한 두릅에 엮인 채
뒷담 벼락 시시한 시래기로
말라가고 있었다

—엄마처럼 안 살아

서슬 퍼렇던 나
시간에 붙잡혀 뱅뱅이를 돌다가
시래기를 닮아간다

—「시래기와 손잡다」부분

　나아가 이 시의 후반부에서는 시를 쓰면서 느끼는 비감悲感
을 "지어도 밥 안 되는 시를 안치고 / 시시콜콜 매만지며 뜸을
들이다가 // 돌아보면, / 어머니 혼자 시가 되어 있다"고 비관
적인 자성自省에 다다른다. 사람의 삶이 결국은 '시시한 시래

기'로 말라가듯이 생활에 직접적으로 도움이 되지 않는 시에 대해서도 매만지며 뜸을 들여봤자 다를 바 없다는 비감을 묻히고 있다. 그러나 이 대목에서는 시와 삶을 하나로 아울러 바라보면서 상승하고 싶은 열망을 은밀하게나마 내비친다고도 볼 수 있다.

　살구나무를 심고 그 나무에 열리는 살구를 먹고 죽을 수 있을지 우려하던 할머니의 마당귀에 살구가 노랗게 익는 모습을 회화적戱畵的으로 그린 「살구나무 아래」, 배달된 늙은 오이를 보면서 "어린 새끼 끈 붙이겠다고 기어이 / 혼자 늙은 큰언니 외꽃 같은 얼굴"을 연상하며 '오래된 적막'과 '냉가슴'에 연민을 보내는 「노각」도 같은 궤에 놓이는 시이며, 빛깔이 다소 다른 「간이역」도 쓸쓸하기 그지없는 적막감의 변주다.

　　추풍 머무는 봉정역 대합실엔
　　영천장 보러 가는 아지매도
　　불콰하게 취한 관정리 아재도 보이지 않고
　　늙은 나무의자에 햇살만 뒹굴고 있었다

　　(중략)

　　폐역사의 적막은

가져가는 이 없어 벽시계 앞에 걸터앉았다

　　　　　　　　　　　　　　　　　　　　─「간이역」 부분

　　세월의 흐름과 다시 만날 수 없는 사람을 그리워하는 마음
을 담은 이 시는 낡은 나무의자 위에 뒹구는 햇살과 가져가는
사람이 없어 벽시계에 걸터앉은 적막을 포착하는 시인의 상상
력과 감각이 돋보인다.

　　이 같은 언어 감각은 양부모의 학대虐待로 숨진 아기 정인이
를 애달파하는 「정인이 생각」에서는 슬픔의 극대화를 동반하
면서 또 다르게 반짝인다. 일인칭 화법으로 "나는 알이에요 /
철없는 엄마가 슬어 놓은 말랑한 알이에요 / 뒤돌아보며 멈칫
거리며 숲으로 숨어 버린 / 엄마의 부끄러운 알이에요"로 시작
되며, "던지지 마세요, 두드리지 마세요 / 이제 막 눈부터 웃기
시작한 / 깨지기 쉬운 알이랍니다"로 이어지며 절절한 울림을
빚는가 하면, "난 이제 안데르센 마을로 가요 / 백조가 될 거예
요"라고 맺고 있어 긴 여운餘韻을 안겨 준다.

　　iv) 향토적인 서정과 과거지향적인 그리움의 정서(향수鄕愁)
는 이 시인의 시에 관류貫流하는 주요 특징 중의 하나다. 「찔레
꽃 편지」에서 시인은 산길에서 찔레꽃 편지를 받으며, 그 봉투

속에 초가지붕과 나비처럼 시간을 거스르며 날고 있는 박꽃이 듬성듬성 피어나 있고, 찔레순 먹은 계집아이 둘이 멋모르고 찔레꽃 웃음을 따라 웃는다. 눈길 닿는 산모롱이마다 찔레 향이 따라오기도 한다. 아릿한 옛 추억의 반추反芻로 지난날에 대한 그리움을 아름답게 승화시킨 경우에 다름 아니다. 「어린 우체국」에서는 아버지, 어머니에 대한 기억들을 아름답게 불러온다.

어릴 적 아버지의 편지 대부분은 내가 그의 눈에서 애지랑을 떨던 이야기였고 조금 자라선 어린 신부에게 보내는 연애편지 같은 것이었다 눈을 찡긋하며 엄지손가락을 치켜세울 때 가끔 산딸기 같은 선물도 따라왔는데 뻐꾸기 울음 하나에 산딸기 하날 섞어 먹는 아버지 사랑 맛이 새콤달콤했다

찔레 넝쿨이 대문 반쪽을 덮으며 피고 지는 동안 남은 이야기는 삐뚤빼뚤 어머니의 손으로 완성되어 도시 귀퉁이에 흩어져 일가를 이루었고 우체국은 문을 닫았다 비 오시는 날이면 어린 우체국을 거쳐 온 편지에서 개복숭아꽃이 피기도 했다

—「어린 우체국」부분

어린 시절과 성장기의 기억들을 향토적인 서정의 옷으로 치장해 보여 주는 시다. 뻐꾸기 울음 하나에 산딸기 하나를 섞어

먹는 아버지의 사랑이라든가, 찔레 넝쿨이 대문 반쪽을 덮으며 피고 지는 분위기, 어머니의 편지에서 개복숭아꽃이 피는 정서는 시인 특유의 감성이 빚어 보이는 추억의 아름다운 미화美化가 아닐 수 없다.

고향마을은 또한 "열두 살 계집아이 / 고들빼기꽃 징검다리 삼아 스물에 닿는 동안 / 낮은 물 울타리 그 집 뻔질나게 드나들"(「새몰안 이야기」)거나 "꽃배를 타고 물 위를 둥둥 떠다니다가 / 방울새가 어깰 스쳐도 좋을 / 물속 낮은 방 하날 가지는 게 좋았다"(같은 시)는 기억을 못 잊게 할 뿐 아니라 "초저녁별이 / 아이들처럼 평상에 뒹굴고 / 별똥별 꼬리에 매달려 꿈속을 날아다니던 / 그날의 슬하"(「바람의 기억」)라는 환상으로 타임머신을 타게 하기도 한다. 어디 그 뿐이기만 할까.

꼬맹이들 묏등에 올라
통통한 궁둥이 붙이고 조르르 미끄럼을 타는데
참았던 웃음이 옆구리로 터져 나올 뻔했지

꽃비 맞으며
아이들은 복사꽃 웃음 흩날리고, 나는
멧노랑나비 두어 마리 선물로 보냈어
　　　　　　　　　　　　—「나비의 비문」 부분

토속적土俗的인 정취가 물씬한 이 환상의 공간은 현대인들에게는 잃어버린 낙원樂園에도 비유될 수 있겠지만, 시인의 기억 속에 생생하게 살아 있는 자연과의 친화적 현실이지 않은가. 이같이 소중한 기억들은 시인에게 "산당화 울타리 넘어오던 햇살과 집으로 걸어가던 살피꽃밭 맨드라미와 조무래기들 뜀박질에 출렁거리던 바깥마당과 빨랫줄, 두레상에 어우러지는 높은 산과 정결한 골짜기의 취나물이며 산마늘과 어수리꽃이 재잘거리던 두레상과 손등을 간질이던 씀바귀 쌉싸래한 맛까지"(「소중한 것들」) 그리움 속에 불러 놓는다. 추억 속의 고향과 달리 오랜 세월이 흐른 뒤에 찾아간 고향은 아쉬움과 안타까움을 안겨 주는 대상으로 비치고 있다.

　　산 아래 집들이 숨바꼭질하는 마을
　　모퉁이 돌면
　　아이들이 거미처럼 숨어 있는 곳

　　언덕배기 살구나무 집
　　모퉁이가 무너졌다

　　(중략)

벌판에 서 있는 바람의 아들
바람처럼 떠돌다
바위에 박혀 가라앉고 싶었다

사거리 잰걸음 돌아가는 모퉁이에
아버지의 바람이 분다

—「모퉁이」 부분

산촌山村의 고즈넉한 풍경이 예와 다르게 언덕배기 살구나무가 있는 집의 모퉁이가 무너지고, 바위에 박혀 가라앉고 싶게 하며, 잰걸음으로 돌아가는 사거리 모퉁이에 세상을 떠난 아버지의 바람이 불 따름이다. 더구나 추억마저 반드시 아름다움으로 자리잡고 있지만도 않다. 「폭설」에서처럼 "옛집은 쓸쓸하지 않으려고 아그배나무 가까이 다가서고 새들은 잔가지가 휘도록 노래를 불러" 주는 때도 있었고 "그해 여름의 반은 / 개쉬땅나무에 마음을 붙이고 살았다"(「개쉬땅」)고 회상回想할 경우도 없지 않기 때문이다.

그녀는 장미의 족속
수수깡 같은 아저씨와
바람 빠진 일바지 같은 아주머니

131

여럿을 거느리고 있었는데

　칠월이 다 가도록
　개쉬땅꽃은 눈부셨고
　마음을 붙여 둔 담벼락에는
　수수알 같은 수심이 무수히 지고 있었다
　　　　　　　　　　　　　　　　　ㅡ「개쉬땅」부분

　나무 이름에 '참'이 아니라 '개'자가 붙어 있는 개쉬땅나무는 장미과에 속한다. 그러나 수수깡과 같이 비쩍 마른 아저씨와 바람 빠진 일바지 같은 아주머니를 연상케 하는가 하면, 수수알 같은 수심愁心이 무수히 지는 나무이기도 하기 때문이다. 하지만 다른 한편으로는 옛날을 그리워하는 마음이 아주 관능적官能的인 생각을 불러다 주기도 한다.

　비탈밭 물복숭아는
　절묘한 빛의 각도를 익혀
　담홍색 관능의 테두리를 얻었겠지

　(중략)

마돈나가 숨어 있을지 모르는

수밀도, 벌들이 윙윙대는 외진 섬에서

입을 앙다문 채 너는

잠시 세상을 버리기로 한 거 맞지?

　　　　　　　　　　　　—「수밀도」 부분

　과즙이 풍부하고 과육이 달콤한 수밀도水蜜桃는 비탈밭에서 절묘한 빛의 각도를 익혀 담홍색 관능의 모습을 갖추게 됐으며, 성적인 매력을 발산하면서 세계적인 인기를 구가하는 가수이자 배우인 마돈나가 숨어 있을지도 모른다고까지 상상한다. 그래서 "아찔한 네 사랑의 비밀"을 벌들이 윙윙대는 외진 섬에서 완강하게 안으로 간직하며 "잠시 세상을 버리기로 한 거 맞지?"라고 반문反問해 보는 것도 같다.

　ⅴ) 은유隱喩를 축으로 언어가 언어를 부르는 묘미를 다채롭게 구사하고 변주하는 재치와 미묘한 언어 감각은 이 시인의 가장 두드러진 개성이다. 이미지의 비약이나 전이 때문에 문맥이 까다로워지고 난해성難解性이 따르기도 하지만, 이 점이 오히려 시적 개성을 강화해 주는 덕목이라는 생각도 해보게 한다.

　제목부터 예사롭지 않은 시「주머니 속 그림자는 어디로 갔을까?」에서는 "여행 가방 속에는 자잘한 주머니들이 아주 많아 / 기억을 잘 붙잡아 두지 않으면 / 아주머니들이 자꾸 집을 나가 버리지"라고 운을 뗀다. '주머니'와 '아주머니'는 아주 이질적異質的인데도 이 두 어휘를 연결시키면서 미묘한 의미망을 빚는다. 여행 가방 속의 많은 주머니에 든 물건들이 잘 알지 못하면 물건을 찾기 어렵다는 걸 아주머니들이 자주 집을 나가 버린다고 비약적으로 표현하고 있기 때문이다.

이어서 여행지를 뒤돌아보는데 집들이 숨바꼭질을 하는 바람에 낯선 골목길이 번번이 엇갈린다고도 한다. 여행지의 낯선 골목에서는 집을 찾기 어렵다는 말을 뒤집어 표현하는 경우겠지만, 마지막 연에서도 "여행지에서 아직 / 데려오지 못한 나를 찾느라 / 안주머니와 바깥 주머니 사이를 헤매고 있"다고 마무리해 거듭 들여다보게 만든다. 이 같은 언어 운용과 낯설게 하기는 상투성을 훌쩍 뛰어넘은 시적 묘미를 증폭시켜 주기도 한다.

은행 두 채를 털었으니 저녁이나 같이 먹자고 동명교회 목사님이 메시지를 보내왔다 구린내 나는 은행을 탈탈 털어 아예 껍질까지 벗겨버렸다는 이야기인데 돈 돌아가는 걸 마음에 두지 않는 목사님이 작심하고 은행을 턴 것이란다

(중략)

　잔뜩 두들겨 맞은 은행나무 낯빛이 노랗다 심심해서 장난
좀 친 걸 가지고 벌이 너무 가혹하다고 와르르 몸을 떠는데 목사
님 얼굴은 늦가을 바람만큼 단호하다 아무 데나 끼어드는 물신
의 구린내는 뿌리째 뽑아버리는 게 좋다고 운동화 밑바닥까지
탈탈 털었다

―「은행을 털다」 부분

　발음이 같아도 의미가 사뭇 다른 '은행銀杏'과 '은행銀行'의
속성을 희화적으로 그리면서 날카로운 풍자諷刺로 나아가는
이 산문시는 이질적인 언어 뉘앙스를 충돌시키는 발상이 기발
하다. 성직자인 목사牧師가 은행 두 채를 털었으니 저녁이나
같이 먹자고 문자 메시지를 보내 수신자로서는 당장은 의아해
질 수밖에 없었을 것이다.
　은행나무 두 그루를 마치 건물처럼 두 채라고 하는 표현도,
교회 안의 '은행 구린내'와 돈이 갖는 '물신物神의 구린내'를 싸
잡아 비판하는 풍자가 날카롭고 재미있다. 더구나 목사가 작
심하고 은행을 탈탈 털고, 물신의 구린내를 뿌리째 뽑아 버리
는 게 좋겠다며 운동화 밑바닥까지 탈탈 털었다는 대목은 점
입가경漸入佳境의 연출로 읽힌다.

내 편이라 부르는 그 여자의 남편이
둥근 자세로 배부른 아내의 발톱을 다듬어요
손과 발이 맞잡은
그야말로 손발이 잘 맞는 부부예요

(중략)

오래 구부리다 보면
치솟고 싶을 때가 있을 거예요
내 편인지 남 편인지
가늠 안 될 때가 있어요

―「발톱 내미는 여자」 부분

남편이 임신해 거동이 불편한 아내의 발톱을 다듬어 주는
모습을 그린 이 시도 언어유희가 빚어내는 묘미가 상큼하다.
배부른 아내의 발톱을 다듬는 자세를 손과 발이 맞잡았다거나
손발이 잘 맞는 부부夫婦라는 표현이 그렇고, '남편'이라는 말
에 '내 편'이 아닌 '남 편'이라는 의미를 적용해 "내 편인지 남 편
인지" 가늠이 안 된다는 비아냥도 마찬가지다.

시인의 삶의 방식 역시 다분히 희화화된다. "울음 앞에 잠잠
히 기다리는 것은 / 오래 익혀 온 내 삶의 방식"이라든가 "운다

고 달라질 것 없는 날들이 / 나를 지우며 건너가고 있어"(「울음의 방식」)서가 그렇다. "종점의 꽃들은 지기 위해 핀다"(「망초꽃 피는 종점」)고 보며 그 꽃밭에는 내남없이 모여들지만, "종점에 엎드린 망초는 / 스르르 풀리는 노구의 눈망울을 닮았다"(같은 시)고 그리는 어법도 그러하다. 감정이입을 해 대상을 바라보는 「허수아비」 역시 같은 맥락脈絡의 시다.

채우려 하면 할수록
채워지지 않는 슬픈 몸뚱어리가 있어
낡은 모자, 빈 깡통 옆구리에 찼네

참새구이가 맛있다는 풍문이 있지만
그 사내, 한마당 무르익는 수다를 듣거나
깡통을 흔들어가며 큰 소리를 지를 뿐
참새를 잡아채 가두거나 기절시킨 일은 없네

뼛속까지 허공인 참새 몇 마리가
하늘 자락을 질질 끌고 와 깡통을 채웠네

아직 들판에 벗어나지 못한 그 사내
하늘로 가득해진 깡통을 흔들어 보이며

히죽히죽 웃고 있네

—「허수아비」 전문

　'채움'과 '비움'에 착안한 듯한 이 시는 낡은 모자를 쓰고 빈 깡통을 옆구리에 찬 '허수아비'의 공허空虛한 모습을 그리고 있다. 허수아비를 빗대 허수아비 같은 사람(사내)를 풍자하는 이 시는 "뼛속까지 허공인 참새 몇 마리가 / 하늘 자락을 질질 끌고 와" 허수아비의 큰 소리만 내는 깡통을 채운다거나 허수아비가 "하늘로 가득해진 깡통을 흔들어 보이며 / 히죽히죽 웃고 있"다는 대목도 허망虛妄의 변주로 보이기 때문이다.

　이 같은 공허감은 다른 시들에서도 산견散見된다. "사람들은 시무룩한 얼굴로 구름 아래를 / 지나갈 뿐 / 공중은 그저, 구름이 한물이다"(「공중은 구름이 한물이다」)든지 "오늘도 계단이 심하게 출렁거렸어 / 살아 있는 제 숨을 힘껏 흔들어 보였던 게지"(「춤추는 계단」), "미리 도착한 막차를 놓치고 / 새벽을 기다리는 동안 / 나무들도 태양을 낳으려고 끙끙대고 있었다"(「막차를 놓치고」)는 묘사들이 그 예다. 하지만 희망은 어둠을 견디며 관통하는 새벽에 잉태孕胎되기도 한다.

　　고양이처럼 웅크린

새벽 두 시의 편의점

건성으로 켜 놓은 형광등 아래
메마른 눈꺼풀 건디는 미생이
두 시에서 네 시 모퉁이를 몽상인 듯
건너고 있어요

벽면 차지한 도시락 종류만큼
두근거리는 모서리, 바코드를 읽는 동안
초침이 척척 등뼈를 밟으며 지나가요

(중략)

출입문에 눈 디밀어 보는 회색 고양이가
저 닮은 눈동자에 화들짝 놀라는
새벽 네 시

한길 건너에는 편의점이 있고
새벽은 구부러진 골목을 돌아 천천히 도착해요
당신의 미명처럼 말이에요
                              ─「두 시부터 네 시 사이」 부분

시인은 밤낮이 다르지 않게 가동되는 편의점의 새벽 두 시부터 네 시 사이의 풍경에 천착穿鑿한다. 초점은 고양이처럼 웅크린 상점 안의 신분이 불안정한 날품팔이(미생未生)에 맞춰져 있다. 웅크린 편의점의 형광등은 건성으로 켜져 있고, 일하는 사람도 그 모퉁이에서 졸음을 견디며 몽상夢想인듯 미명未明으로 다가간다.

다양한 종류의 도시락으로 대변되는 상품들도 팔릴 때를 기다리므로 막연하지만 두근거리고 그 모서리들도 두근거리며, 팔려나가는 동안에도 하염없는 두근거림의 시간은 간다. 시인은 이 시간의 흐름을 이같이 두근거린다면서도 초침이 척척 등뼈를 밟으며 지나간다는 과장법誇張法으로 그 분위기를 극대화極大化한다. 이 과장법은 고양이처럼 웅크린 편의점의 건성으로 켜져 있던 형광등이 미명 가까워진 새벽 네 시엔 눈동자가 반짝이는 회색 고양이가 자기 눈동자를 닮아 화들짝 놀란다는 표현도 낳는다.

시인은 또한 그 이전과는 달리 편의점을 한길 건너편으로 거리를 두고 바라보면서 자신이 옳아서 깨어있는(기다리는) 구부러진 골목을 돌아 새벽이 천천히 도착한다고 그리는가 하면, 그 새벽을 '당신의 미명'으로 환치해 놓음으로써 이 시의 초점을 '당신'을 빗대 자신의 내면으로 비꾸어 미명(새로운 희망)

을 기다리는 심경을 투사해 보인다.

　시인은 어쩌면 언어 운용과 그 연금술鍊金術의 '여우'일는지도 모른다. 「시詩」라는 시에서 시인은 "우리 집 다락에 여우 한 마리 숨어 산다 / 나도 가끔 여우 짓을 한다 싶어 한통속이려니 했다"면서 "그녀는 부르기 전에 다가서고 / 순식간에 사라지는 묘한 꼬리를 가졌다"고 '시'를 '그녀'로 바꿔 그 묘한 시마詩魔에 대해 언급하고 있기도 하다. 그 시마는 "찔레꽃 덤불이나 / 아무도 오지 않는 운동장에 / 한나절 나를 묶어 두기도 하고 / 꽃무늬 원피스를 팔랑이며 빈 그네에 오르기도" 한다며, 시와 더불어 살아가는 심경과 그 마음자리를 다음과 같이 은유하고 있다.

　　그녀가 그넷줄을 밀었다가 당길 때
　　꼬리에서 아슴아슴한 바람이 일었는데
　　새벽을 신고 오는 찔레 향 같다고 해야 할지
　　달밤에 길어 올린 서늘한 물내라 해야 할지

　　여우에게 단단히 홀린 나는
　　꼬리 어디쯤 감췄다는 진주를 찾으려고
　　밤나질레 안달이 나 있었다
　　　　　　　　　　　　　　　　　—「시詩」부분

시는 더 나은 삶과 그런 세계를 향한 꿈꾸기의 소산이며, 현실적인 삶과 맞물린 언어를 더 높은 차원으로 끌어올리고 변용하는 언어예술이다. 그 세계로 나아가는 길은 무명無明과 비의秘義 너머로 트여 있는지도 모르며, 이미 마련돼 있는 왕도王道도 없다. 박희숙은 여우와도 같은 시에 사로잡혀 안달이 난 시인이며, 새벽의 찔레 향이나 달밤의 서늘한 물내에 민감한 바와 같이 '여우'(시)가 은밀하게 품고 있는 '진주'(시세계)를 찾아내고 더 빛나게 할 재능과 끼를 지닌 시인이라는 느낌을 안겨 준다.

새벽 두 시의 편의점

박희숙 시집

초판 1쇄 발행일 2021년 6월 15일

지은이·박희숙
펴낸이·김종해
펴낸곳·문학세계사

주소·서울시 마포구 신수로 59-1(04087)
대표전화·02-702-1800
이메일·mail@msp21.co.kr
홈페이지·www.msp21.co.kr
페이스북·www.facebook.com/munsebooks
출판등록·제21-108호(1979.5.16)

값 10,000원
ISBN 978-89-7075-999-9   03810

본 서적은 2021년 대구문화재단 경력 예술인 활동 지원으로 출간되었습니다.